D0587044

ARC-EN-POCHE

Collection dirigée par Isabelle Jan

© Editions Fernand Nathan, Paris, 1980

GÉRARD HUBERT-RICHOU

Le chapeau melon aux mille reflets

*Illustrations
de Carlo Wieland*

Fernand Nathan

1

Un chapeau melon pas comme les autres

Il faut reconnaître que, de nos jours, les gens s'habillent de façon très décontractée, ce qui est parfois rigolo.

On rencontre partout des jeunes vêtus n'importe comment avec n'importe quoi pour être "dans le vent". Ils ressortent les vêtements d'autrefois de la naphtaline des vieilles malles dans les greniers poussiéreux. Ça s'appelle la mode rétro.

Cependant, certaines vieilleries ne sont pas revenues à la mode : les chapeaux d'homme par exemple, comme le haut-de-forme, le canotier et le chapeau melon.

Plus personne n'ose porter de chapeau melon, ce serait ridicule !

On en voit peut-être encore aux actualités télévisées dans les reportages de courses de chevaux en

Angleterre, dans les cérémonies officielles à grand tralala... et encore !

Non, franchement, le chapeau melon et ses semblables sont restés d'une autre époque, d'un autre âge ! Et pourtant !

Et pourtant, il y a une exception. Quelqu'un se permet encore de porter un chapeau melon : monsieur Hippolyte Graindorge.

Monsieur Hippolyte Graindorge est le petit monsieur rondouillard au crâne cerné d'une fine couronne de cheveux blancs, à la mine réjouie, qui se promène paisiblement rue des Capucines.

C'est un petit homme modeste et courtois toujours prêt à rendre service. Ce n'est surtout pas un excentrique de l'habillement !

Voilà le mystère : monsieur Hippolyte Graindorge porte un chapeau melon. Ce n'est pas le meilleur moyen pour passer inaperçu.

S'il porte ce chapeau (et pas un autre) c'est qu'il a une bonne raison : ce melon n'est pas un melon ordinaire.

A le voir comme ça, rien ne le distingue des autres melons, pas même sa couleur, tout à fait quelconque aux reflets verdâtres.

Alors !

Eh bien, ce chapeau a une particularité qui se manifeste dans un cas très précis : lorsque monsieur Graindorge qui est un homme plein de bonnes manières comme autrefois (on sait que les bonnes manières se perdent... hélas !), lorsque monsieur

Graindorge soulève le melon de sa tête pour saluer quelqu'un de sa connaissance, un ami, une voisine, il se produit...

Mais voilà justement que monsieur Graindorge va "souhaiter le bonjour" (c'est sa façon de parler) à madame Piquebec, l'épicière.

Un exemple est plus facile à comprendre qu'un long discours.

Attention! Monsieur Graindorge s'arrête devant l'étalage de fruits et légumes où la marchande est en train de mettre un peu d'ordre entre les poireaux, les aubergines et les haricots blancs. Il soulève son chapeau et...

Que se passe-t-il?

«Bonjour madame Piquebec, mes respects.»

Il sort du chapeau melon un...

«Bien le bonjour, monsieur Graindorge, comment-t-est-ce-que-vous-z'allez-t-y-donc? Y a belle lurette qu'on vous a pas vu, m'sieur Graindorge, dites!

— Hé bien...»

L'épicière qui s'écoute parler reprend avant qu'il ait pu placer un autre mot:

«J'le disais just'ment à mon époux, c'matin; j'lui disais comme ça: tiens! Octave, y a bien longtemps qu'on n'a pas vu m'sieur Graindorge dans l'quartier. Est-ce qu'i serait-i pas malade, des fois. Le pauvre homme. Par hasard que personne en saurait rien. Lui qui vit tout seul dans sa p'tite maison, et qu'i s'fait si vieux...

— Non, non, je me porte fort bien. Et vous, comment allez-vous ? réussit à placer monsieur Graindorge, par politesse.

— Ah ! mon pauv' monsieur, ça va pas très fort puisque vous me l'demandez gentiment.

— Que se passe-t-il donc ?

— Ah ! non, ça va pas trop fort ! J'ai toujours mon lumbago qui m'fait t'atrocement souffrir un jour sur deux. Sans compter les jours ousqu'i fait z'humide. Et vous savez mon pauv' monsieur, que dans l'commerce, il faut constamment, tout le temps et sans cesse être sur ses jambes à aller et venir, à porter toujours quèqu'chose. C'est pas une vie facile pour une femme souffrante comme je suis, un vrai t'esclavage que j'vous dis. Mais faut pas s'plaindre, on trouve toujours plus malheureux, si on cherche bien. »

Elle se tourne vers l'intérieur de la boutique pour crier :

« Octave ! sors donc les trois caisses de tomates vertes et les endives ! »

Elle essuie ses mains potelées et roses sur sa blouse et reprend :

« Ah ! m'sieur Graindorge. J'vous parle pas d'mes rhumatisses. »

(En fait, il faut dire rhumatismes... Mais l'épicière et le bon français ne sont pas passés par la même porte. Et quel débit étourdissant !)

« Ah ! et mes enfants... m'en parlez pas ! Faut que j'vous raconte, si vous avez une minute...

Octave! t'as pensé aux patates et aux choux-
fleurs?... Y a mon aîné, vous l'connaissez?

— Heu... Il me semble...

— Mais si, vous connaissez mon Fernand. Ç'ui
qu'a des grosses lunettes et des boutons sur la figure
et qui fait parfois des livraisons quand son père a

trop de travail... Octave, sers madame Biglesou,
j'suis occupée... Eh bien, mon Fernand, il a loupé
d'un demi-point son C.A.P. de plombier-zingueur
(si c'est pas un scandale pour un demi-point!) qu'on
n'sait pas c'qu'on va en faire à la rentrée avant qu'il
parte au régiment, que ça n'va pas tarder ce souci-là.
Ah! j'vous jure, que d'soucis z'en perspective!

— En effet, ce n'est pas de chance.

— La deuxième travaillerait bien, la pauv' gosse,
si elle était pas malade un mois sur deux. C'est une
petite santé, elle tient ça de moi. Et puis elle a été
t'opérée de la pendicite (appendicite, en bon français!) Ah! y a l'troisième, mon Doudou qui s'dé-
brouille pas mal. Faut dire qu'il a redoublé pour la
troisième fois sa septième. C'est pas une catastrophe,
vous me direz, à c't'âge-là on a tout son temps, puisque le revoilà parti sur un bon pied. Et puis le
Jojo... »

Stop! stop par pitié!

Que l'on interrompe quelques instants cette...
heu... passionnante conversation. Ce flot de paroles
a fait oublier le but de l'expérience qui était de montrer ce qui sort du chapeau quand...

Il est intéressant de signaler au passage que
madame Piquebec a huit enfants et dix-sept neveux
et nièces dont elle aime parler avec le même enthou-
siasme, le même plaisir...

2

Que s'est-il donc passé sous le chapeau ?

Tout le monde a pu se rendre compte, lorsque monsieur Graindorge a soulevé si poliment son chapeau melon, qu'un oiseau s'en est échappé : une perruche.

Cela n'est-il pas bizarre ? Une perruche verte est sortie du chapeau et, tranquillement, est venue se percher sur l'épaule de monsieur Graindorge.

L'épicière qui est très myope (en plus !) était beaucoup trop occupée à jacasser pour voir quelque chose.

La perruche renverse sa petite tête marrante, très attentive au bavardage de madame Piquebec et, passionnée par la conversation. Elle semble répondre par de continuels petits cris de gorge, en clignant ses petits yeux ronds. Adorable perruche !

Voilà donc ce qui se produit chaque fois que monsieur Hippolyte Graindorge enlève son chapeau pour saluer : il s'en échappe un oiseau !

Banal, pensent ceux que-plus-rien-n'étonne-dans-la-vie-qui-savent-tout-qui-ont-tout-vu. Tous les prestigidi... digidi... presgi... gigiditi... enfin... tous les illusionnistes font la même chose avec un chapeau haut de forme truqué et des lapins, des colombes, des souris...

Stop !

Dans cette histoire, il n'y a pas de truc ! Pas d'animaux dressés, pas de double fond au chapeau. Rien de tout ça !

Non, ça marche tout seul, comme ça : hop ! Il suffit de saluer.

Et ce qui est plus fantastique encore, c'est que l'oiseau qui jaillit du chapeau comme un diable à ressort de sa boîte est le reflet... comment dire... l'imitation, le portrait. Voilà le mot juste : le portrait ! Le portrait en oiseau de la personne que rencontre Hippolyte.

Par exemple, monsieur Graindorge croise la mignonne petite fille de la boulangère, la toute petite aux tresses blondes, aux grands yeux bleus : il sort du chapeau... une merveilleuse mésange bleue !

Autre exemple : s'il s'agit de monsieur Bougrelet, dont la grosse moustache noire cache toute la bouche comme s'il n'en avait pas ; le grognon marchand de vin qui ne veut jamais rendre les ballons qui tombent dans sa cour située juste à côté du terrain de jeux... Entre nous, il ferait mieux de s'occuper de son horrible chat noir qui fait ses cochonneries sur les paillassons des voisins... bref... monsieur Bougrelet. Eh bien, sa triste présence provoque la sortie du chapeau d'un affreux corbeau tout noir avec un énorme bec jaune cabossé comme le gros nez du marchand de vin.

Si c'est une bavarde intarissable comme l'épicière, il apparaît une perruche ou une pie. Parfois une cane.

Chaque oiseau correspond exactement à la personne à laquelle monsieur Graindorge s'adresse.

D'ailleurs, on dit souvent d'une personne qu'elle est "bavarde comme une pie", "bête comme une oie", "douce comme une colombe", "maladroite comme une poule", "fière comme un paon"...

Il y a un petit détail qu'il est bon de signaler. Ce phénomène unique au monde ne fonctionne qu'au cours de la première rencontre avec chaque personne. Heureusement ! Que se produirait-il lorsque monsieur Graindorge croise chaque vendredi l'instituteur menant sa trentaine d'élèves au stade ! Par chance, le coup du chapeau-miracle, comme les allumettes, n'est utilisable qu'une seule fois par personne.

Et c'est déjà énorme pour le pauvre Hippolyte car il connaît et rencontre beaucoup, beaucoup de monde ces temps-ci. Comme par hasard !

Malheur ! Il va croiser dans quelques secondes la vieille grand-mère grincheuse qui habite à l'autre bout de sa rue et ne sort que rarement de sa tanière.

Toujours le chignon planté haut sur la tête, bourré d'aiguilles et d'épingles en tous sens pour le maintenir droit, un vrai cactus ! Et cette vieille mégère préfère espionner les allées et venues de la rue derrière ses rideaux pour commenter méchamment les petits potins à sa sœur qui les raconte à la femme de ménage, qui les raconte à la lingère, qui les raconte à la boulangère, qui les raconte à l'épicière, qui les raconte à la charcutière...

Trop tard !

Attention à la catastrophe !

« Oh ! bonjour madame Piépointu, belle journée n'est-ce pas !

— .... »

Aucune réponse évidemment. Juste un mauvais coup d'œil en biais et un haussement d'épaules qui fait dangereusement tanguer le chignon. C'est une femme peu sociable dont le mauvais caractère est bien connu et qui imagine que tout le monde lui veut du mal.

Malgré tout, monsieur Graindorge soulève poliment son melon...

Et...

S'envole maladroitement à cause de la lumière du jour lui blessant ses grands yeux sensibles : une chouette !

Oui, une chouette, de la race la plus revêche : une chouette chevêche !

Elle parcourt au hasard de son vol saccadé une petite distance, fait quelques tours de reconnaissance au-dessus de la tête de la vieille pour voir de quoi il s'agit. Flap! flap! flap! font les ailes soyeuses.

La vieille affolée tente de chasser le doux rapace nocturne à grands coups rageurs de parapluie qui atterrissent par erreur sur la tête de monsieur Graindorge. Bing! bang!

La vieille hurle comme une sirène. Des épingles pleuvent du chignon, des mèches se déroulent, pendent. On dirait un cactus en fleur! Elle ameute le quartier et s'éloigne en menaçant tout le monde de son parapluie.

Puis la chouette vient se réfugier en ululant sur l'épaule libre de monsieur Graindorge désolé. Elle ébouriffe ses plumes, pousse un dernier cri ensommeillé, rentre la tête dans les épaules et, rassurée, s'endort aussitôt.

Et de deux pour aujourd'hui!

Deux becs de plus à nourrir.

Monsieur Graindorge regarde l'un après l'autre ses deux nouveaux oiseaux: la perruche à gauche, la chouette à droite, et il pousse un long soupir.

Puis il se hâte de rentrer chez lui en rasant les murs afin de faire le moins de rencontres possible.

3

Comment monsieur Graindorge
entra en possession du fameux chapeau

Comment tout cela a-t-il commencé ?

Pour le savoir, il faut faire un petit retour en arrière.

Heu... Voyons... C'était le 16 octobre... Non, le 12 octobre, à moins que ce soit le 14 ou le 5... Non, c'était bien le... Oh ! et puis ce n'est pas à une semaine près. La date n'a pas tellement d'importance. Cela fait un bon mois, voilà tout !

Monsieur Graindorge revenait tout bronzé d'un séjour sur la Côte d'Azur chez des cousins germains. Dans le train, il trouva facilement une place assise car il y avait peu de monde en ce jour de semaine. Il s'installa dans un compartiment de deuxième classe entre une petite grand-mère à chapeau à plumes, dynamique et guillerette, et un étrange personnage au regard clair perdu dans le lointain comme s'il regardait à travers les cloisons du wagon. C'était une espèce de Sage Hindou au visage paisible, au teint ocre, aux cheveux sombres plaqués sur les oreilles, et sur la tête duquel était posé... Mais non, pas un turban !

Sur la tête duquel était posé... un chapeau melon.

Le chapeau melon !

Le fameux chapeau melon.

En face de monsieur Graindorge, un petit garçon de cinq ou six ans accompagné de sa maman s'agitait beaucoup sur la banquette. Apparemment, le voyage lui semblait long, car toutes les deux minutes il demandait à sa maman : « Dis maman, c'est quand qu'on arrive chez Papy ? »

Et la maman inlassablement répondait :

« Bientôt mon chéri, ne remue pas comme ça, nous y sommes presque. Encore deux arrêts.

— Et moi, je veux qu'on arrive tout de suite ! » reprenait le garnement en sautant à pieds joints sur la banquette.

Monsieur Graindorge avait sorti un livre, mais il n'arrivait pas à se concentrer sur sa lecture car le gamin reprenait encore :

« T'as vu l'Indien, maman, il a une drôle de tête, et t'as vu ses habits ? Et son chapeau, on dirait Charlot. Quand c'est qu'on arrive ? »

La maman très gênée s'excusait, rouge de confusion :

« Ne faites pas attention, ce n'est qu'un enfant espiègle... Bientôt, mon chéri, ne remue pas comme cela, nous y sommes presque. N'embête pas le monsieur, je t'en prie. »

A ce moment, le contrôleur se présenta. Il avait la casquette plantée au ras des sourcils, l'air aussi gracieux qu'un ours affamé.

Mais frappons les trois coups pour cette scène : Ploc ! ploc ! ploc ! Rideau !

Le contrôleur frappe à la vitre du compartiment avec sa pince à poinçonner les billets : toc-toc-toc !

LE CONTROLEUR

Billets s'il vous plaît, m'sieurs dames !

LA GRAND-MERE

Voilà, Monsieur le contrôleur. Ah ! pouvez-vous me dire si le prochain arrêt est encore loin ? Je suis parfois si distraite que j'oublie de descendre. Une fois, au lieu de descendre à Marseille, je me suis retrouvée à Lyon !

LE CONTROLEUR

Dans sept minutes exactement, madame. Et deux minutes d'arrêt pour la correspondance. Buffet froid à toute heure, service de cars.

MONSIEUR GRAINDORGE

(Rêveur, il tend son billet sans rien dire. Il pense au soleil, à la mer, aux mouettes. Clic ! clic ! clic ! clic ! fait la pince du contrôleur.)

Merci bien.

LE PETIT GARÇON

(Il bondit de nouveau sur la banquette). Moi

aussi, je veux faire des confettis, prête-moi ta machine, monsieur !

LE CONTROLEUR
Ce n'est pas un joujou, mon p'tit gars, c'est mon outil de travail.

LE PETIT GARÇON
Prête-moi ton outil de travail, alors !

LA MAMAN
Voyons Frédéric, ce n'est pas un joujou. Laisse le contrôleur et ne remue pas comme ça.

LE CONTROLEUR
(Il se tourne vers l'Indou.) Et vous monsieur, votre billet s'il vous plaît.

Mais l'Indou (nommons-le ainsi puisque nous ignorons son identité) avait beau fouiller et refouiller avec le plus grand calme dans les replis de sa tunique et dans ses multiples poches cachées, dans les recoins de sa petite valise de cuir jaune, il fut dans l'impossibilité de présenter son billet. Peut-être n'en avait-il pas et jouait-il la comédie ? Pourtant, il avait l'air bien honnête. On ne sait jamais !

Le contrôleur s'impatientait. Avec sa pince, il tapotait la paume de sa main gauche. Son sourcil droit se soulevait nerveusement.

LE CONTROLEUR
Allons monsieur, dépêchez-vous, s'il vous plaît. J'ai encore quatre wagons à visiter. Je n'ai pas que cela à faire. Vous n'avez pas de billet apparemment.

Je vais devoir vous faire payer une taxe en plus du prix normal du billet. Comment ? Que dites-vous ?

LE COPYRIGHT

L'INDOU

Desolate, I am sorry ! sorry ! (En anglais, cela signifie : je suis désolé. Aux Indes, on parle anglais assez couramment.) Je crois perdre billet à moi et mien portefeuille disparou. Volationné par pick-pocket. Voleur ! quoa ! vous comprendre ? At the station of Nice, je crois.

LE CONTROLEUR

Qu'est-ce que vous me chantez là ?

L'INDOU

Je rien chanter du tout, sir !

LE PETIT GARÇON

Moi je veux chanter ! moi, je veux chanter :
> *Le petit cheval blanc*
> *Dans le mauvais temps*
> *Qu'il avait donc du courage...*

LA MAMAN

Tais-toi Frédéric, reste tranquille et ne colle pas ton chewing-gum sur la veste du monsieur.

LE CONTROLEUR

Que signifie cette histoire louche de portefeuille ? Vous êtes étranger, vous, il me semble. Oui, oui, j'ai l'œil. Bon, je ne suis pas dupe, mon petit monsieur. Ouais ! C'est tout simplement parce que vous n'avez pas de billet. N'essayez pas de noyer le poisson...

L'INDOU

Je rien vouloir noyer, sir...

LE CONTROLEUR

(Il s'étrangle de colère. Son sourcil droit monte et descend comme un yoyo.)

Arg!... Arrg!... Suffit la plaisanterie! On ne me la fait pas à moi! Vingt-cinq ans de service! Vingt-cinq ans contrôleur à la S.N.C.F. J'en ai vu d'autres, croyez-moi, et des plus malins! Vous allez tout simplement me suivre chez le chef de gare au prochain arrêt. Non mais sans blague! Vous vous expliquerez avec lui. Non mais des fois! Vingt-cinq ans, je vous dis!

L'INDOU

(Toujours aussi calme.)

Je ne pas très bien comprend, à ce que vous dire, sir, excuse me. Je perdre billet de chemin de fer français. Vous comprendre ça? Je devoir aller urgence un grand congrès mondial à Paris. *(Il prononçait : "congresse" et "Parisse".)* Je être attendu ce soir chez le professeur Martin de la Tour, vous connaître ?

LE CONTROLEUR

Oui, oui, oui, oui, oui, ah ! ah ! ah ! C'est cela mon bonhomme. Ah ! ah ! Un grand congrès à Paris. Ah ! ah ! ah ! Un congrès de resquilleurs sans doute. On ne va pas dans les "congresses" quand on parle aussi mal le français. Si vous voulez savoir, moi, je suis Johnny Hallyday !

L'INDOU

Aoh ! je être enchanté de connaître vous. Je entendre parler beaucoup de vous.

LE CONTROLEUR

(Dont les sourcils bougent dans tous les sens.)

Quoi ! quoi ! quoi ! Il se moque de moi ! Il se moque de moi ou quoi ! Arg... Il fallait prendre l'avion, c'était plus direct et plus rapide, mon gaillard. Ah ! ah ! pas de billet. Les fraudeurs, ça leur coûte cher, croyez-moi. Vingt-cinq ans de métier, on ne me trompe pas avec des histoires aussi grossières. Je vous descends au prochain arrêt...

Suivit une minute de silence pendant laquelle ils s'affrontèrent du regard comme le taureau et le toréador dans l'arène, le contrôleur fumant des naseaux comme le taureau, l'Indou calme comme le toréador. Monsieur Graindorge était très, très mal à l'aise. Il avait horreur des disputes et de l'injustice. Il lui semblait que l'Indou était un honnête homme et qu'on lui avait réellement dérobé son portefeuille et son billet de train. Il souhaitait faire quelque chose pour lui venir en aide. Il voyait bien que le contrôleur ne céderait pas. Par quel moyen pouvait-il faire tomber la colère de l'employé? Une deuxième minute de silence.

LE PETIT GARÇON

(Sautant à nouveau sur la banquette.)

Dis maman, pourquoi il n'a pas de billet, l'Indien? Pourquoi le monsieur à la casquette a l'air en colère?

LA MAMAN

Tiens-toi, Frédéric! Cela ne te regarde pas. Ce sont les affaires des grandes personnes. Et cesse de piétiner le livre du monsieur.

MONSIEUR GRAINDORGE

Ce n'est rien madame... Heu... Excusez-moi, messieurs, si je me mêle de ce qui ne me regarde pas. Excusez-moi, monsieur le contrôleur, je vois ce monsieur très embarrassé. Sans vouloir vous vexer, il me semble qu'il dit la vérité. N'y a-t-il pas un moyen plus... plus simple pour arranger les choses?

LE CONTROLEUR

Ecoutez, monsieur, c'est très facile. J'ai quatre wagons à contrôler. Je travaille, moi. Si ce client ne paie pas son billet, je le conduis, comme le règlement l'exige, chez le chef de gare. Un point c'est tout.

MONSIEUR GRAINDORGE

Excusez-moi d'insister... Si je comprends bien le problème, il suffit donc que le billet de monsieur soit payé pour que l'affaire s'arrange et qu'il poursuive normalement son voyage?

LE CONTROLEUR

Exactement, on peut dire que vous comprenez vite. Mais sans oublier la taxe !

MONSIEUR GRAINDORGE

Evidemment... Si vous le permettez, monsieur le contrôleur, je vais régler le prix du billet...

LE CONTROLEUR

Vous voulez payer le prix du billet de *ce* monsieur ?

MONSIEUR GRAINDORGE

Oui, monsieur le contrôleur, si ça ne vous ennuie pas.

LE CONTROLEUR

Avec la taxe ?

MONSIEUR GRAINDORGE

Avec la taxe.

LA GRAND-MERE

Monsieur, je ne vous connais pas du tout, mais votre générosité, votre charité, votre bonté, votre... votre... votre... sont... Vous êtes un homme d'une grande bonté et je suis certaine que le ciel vous en sera reconnaissant.

MONSIEUR GRAINDORGE

Ce n'est rien, absolument rien, c'est tout à fait naturel.

LA GRAND-MERE

Si, si, ne minimisez pas votre bonne action. Je suis désolée de vous quitter si précipitamment. J'aurais souhaité faire plus ample connaissance ; il est si rare de nos jours de rencontrer des personnes ayant un cœur comme le vôtre... Oh ! le train ralentit. Je descends au prochain arrêt. Au revoir !

MONSIEUR GRAINDORGE
Au revoir madame, bonne journée.

LE PETIT GARÇON
Dis maman, c'est quand qu'on arrive chez Papy ?

LA MAMAN
Bientôt, mon chéri, ne remue pas comme ça. Nous y sommes presque, encore un arrêt. Et cesse de mettre du crayon feutre sur la manche du monsieur.

FIN DE LA SCENE

Voilà exactement comment cela s'est passé.

C'est pour remercier monsieur Graindorge que l'Indou lui offrit son melon tout neuf. (Il croyait peut-être que c'était encore la mode en France !) Il lui assura qu'il en serait très très content et cent fois remercié de lui avoir permis de poursuivre son voyage.

Monsieur Graindorge n'osa pas refuser le cadeau et s'en coiffa aussitôt pour montrer qu'il lui allait parfaitement.

D'autre part, l'Indou lui promit de le rembourser le plus rapidement possible.

« Je suis rassuré, pensa monsieur Graindorge, je ne suis pas venu en aide à un malhonnête homme. Un escroc n'aurait pas agi de cette façon. »

Il fut cent fois récompensé de sa générosité, et bien davantage.

4

La première apparition, la deuxième...
et les suivantes

Le lendemain, ayant retrouvé sa petite maison, ses petites affaires, ses petites manies, ses grosses pantoufles, monsieur Graindorge se dit qu'après tout ce chapeau melon protégerait son crâne dégarni qui ne conservait plus qu'une couronne de cheveux blancs. Et qu'importent les racontars ! Il y a tant de gens qui suivent la mode rétro...

Les premiers froids de novembre n'étaient pas loin. Le chapeau lui éviterait de s'enrhumer, d'autant plus qu'il lui allait parfaitement.

Il sortit pour faire ses petites courses habituelles. Il faisait frais. Le vent soufflait en rafales : un temps d'automne.

Au coin de la rue, il rencontra une voisine qu'il salua, bien entendu. Quel fut son étonnement quand il vit jaillir de son chapeau... un moineau !

Il sourit. Il pensa aussitôt à une vision, une illusion : «L'oiseau s'est probablement engouffré par mégarde sous la coiffe puis est ressorti...»

La voisine s'éloigna. Elle n'avait rien remarqué. Donc, le chapeau passait inaperçu. Monsieur Graindorge ne se sentait pas ridicule, c'était le principal. Il oublia l'incident :

«J'ai dû rêver, je suis un peu fatigué en ce moment, je n'ai plus l'habitude des voyages.»

Il fit ses courses au supermarché. Il n'aimait pas le supermarché : trop de monde, trop de choix, pas assez d'intimité ; mais, ça allait plus vite...

Sur le chemin du retour, il croisa un ancien collègue de bureau, Joseph Grabule, qu'il salua sans réfléchir à son geste.

Un martinet s'échappa du chapeau !

(Non, pas celui avec des lanières pour les fesses des enfants turbulents ! l'oiseau, de la famille de l'hirondelle !)

Cette fois, plus de doute, il avait bien senti le frôlement des ailes sur son crâne chauve.

Quel drôle de chapeau !

Cet étrange phénomène se produisit deux autres fois. Non, le doute n'était plus permis, ce chapeau avait un pouvoir extraordinaire.

Il trouva cela charmant, s'occupa avec tendresse de ses quatre premiers pensionnaires qui l'avaient accompagné jusque chez lui : un moineau, un martinet, un bengali, un serin.

Quel drôle de chapeau !

Le lendemain, il recommença l'expérience.

On ne sait jamais !

Il se réjouit de ce merveilleux pouvoir qui lui offrait gratuitement de la compagnie. C'était comme une pochette surprise. Il en fit un jeu, cherchant à deviner à l'avance quel oiseau apparaîtrait.

Mais bien vite, il déchanta, car chaque fois qu'il saluait une nouvelle personne, il devait s'occuper d'un oiseau supplémentaire.

Au bout de quelques jours, cela devint un gros souci. Il s'inquiéta sérieusement la deuxième semaine. Il ne voyait pas comment cette histoire pouvait se terminer, mais voyait le nombre d'oiseaux augmenter.

Il crut naïvement que, s'il faisait semblant de ne pas s'y intéresser, les nouveaux oiseaux ne s'attacheraient peut-être pas à lui mais plutôt aux personnes qu'il rencontrait. Ce serait plus juste puisque les oiseaux étaient à l'image de ces personnes.

Mais pensez donc !

La nature espiègle en a décidé autrement !

Les oiseaux l'adoptaient immédiatement comme leur père et ne voulaient plus le quitter. S'il faisait semblant d'ignorer un peu trop longtemps leur présence, il y avait toujours une personne trop bien intentionnée ou un agent de police de service dans le quartier pour le rappeler à l'ordre.

« Hep ! vous là-bas, l'individu au chapeau !

— Oui, monsieur l'agent, qu'y a-t-il pour votre service ? disait innocemment monsieur Graindorge.

— Dites donc ! Elle vous appartient, cette poule rousse qui vagabonde sur la chaussée ?

— Heu... La poule ? Oui, oui, monsieur l'agent, je crois bien. (Il n'osait jamais répondre non !)

— Alors, si cet oiseau est à vous, ne le laissez pas en liberté dans la rue. C'est formellement interdit par la loi et le code de la route. Tenez-la en laisse comme un chien, ou dans un panier comme un chat, ou dans une cage comme un canari, ou dans un aquarium comme... Enfin bref, il peut causer de graves accidents de la circulation, cet animal, et vous serez responsable. Je vais devoir vous dresser un procès-verbal, pour négligence coupable et non-respect de la loi...

— Oh ! monsieur l'agent. Bien monsieur l'agent. Pardonnez-moi, monsieur l'agent, je ne savais pas. Mais croyez bien que je la surveillais du coin de l'œil. Elle est bien dressée, vous savez. Il faut bien qu'elle se dégourdisse les pattes, la pauvrette, s'excusait-il maladroitement.

— Bon, pour cette fois, ça ira, disait le fli... le poul... heu... l'agent de police avec un sourire indulgent en rangeant son carnet à souche. Mais ne recommencez plus à l'avenir. Vous avez de la chance que j'aime les bêtes. »

5

Et s'il se débarrassait du chapeau ?

Quelques personnes pensent certainement :

« Il manque d'imagination, ce pauvre monsieur Graindorge. Il lui suffit tout bêtement de ne pas enlever son chapeau pour dire bonjour, ou encore plus simplement de se débarrasser de son pénible couvre-chef pondeur d'oiseaux pour que ses ennuis prennent fin. Ce n'est pas très malin de sa part ! »

Facile à dire ! Pas si simple que ça !

Plus d'une fois, il a essayé de ne pas saluer, mais rien à faire ! C'est plus fort que lui. C'est comme un réflexe. Sa main, comme si elle ne lui obéissait plus, saisit le bord du chapeau et le soulève à moitié.

Plus d'une fois aussi il a pensé se défaire de son melon :

IMPOSSIBLE !

La première fois qu'il faillit s'en séparer pour de

bon, le vent l'avait un peu aidé : une brusque rafale lui avait arraché le melon de la tête. Il s'était élevé dans les airs, avait tournoyé, puis plongé vers la chaussée.

Monsieur Graindorge faillit se lancer à sa poursuite le long du trottoir où il roulait en équilibre sur son bord, mais il se retint à un poteau de stationnement interdit.

L'idée avait subitement pointé son petit nez de souris. C'était une trop belle occasion de se séparer de ce maudit melon sans faire d'efforts...

Hélas !

Une dame charmante et trop serviable le lui rapporta avec un large sourire en prime :

« Je l'ai rattrapé avant qu'il n'atteigne le caniveau, il n'est pas taché, c'est un coup de chance !

— Heu... je vous remercie, madame. Vous êtes très aimable ! merci bien.

— De rien monsieur, à votre service. Quel vent ! »

Par la suite, il tenta de l'oublier dans le métro, dans le R.E.R., dans le train, dans un autorail en allant voir sa sœur à la campagne, dans un autobus parisien, dans un autobus de banlieue en rentrant chez lui, chez un oto-rhino, dans un square, au zoo de Vincennes, à l'échoppe du marchand de gaufres, dans un taxi, chez différents commerçants, au vestiaire d'un théâtre, enfin un peu partout où il se rendait.

RIEN A FAIRE !

Chaque fois, chaque fois, une bonne âme l'interpellait ou le rattrapait dans la rue en brandissant triomphalement le maudit melon :

« Monsieur ! monsieur, vous oubliez votre chapeau ! »

Enfin, un beau jour, il crut réellement que c'était gagné !

Hourra ! Sonnez trompettes de la victoire ! Résonnez buccins, trompes et autres instruments bruyants ! Le jour de la libération est arrivé. Hourra, hourra !... Hum, hum, un peu de calme...

Cette fois, sans le faire exprès, il avait égaré ce satané galure dans une église qu'il avait visitée pour la beauté de ses orgues suspendues du XVIIe siècle, et ne savait vraiment plus dans quel recoin obscur il l'avait posé. Mieux valait ne pas y réfléchir !

Le ciel lui venait-il enfin en aide ?

Les jambes en coton, il fit cent mètres dans la rue sans se retourner. Personne ne le rattrapa. Etrange, étrange !

Il s'arrêta puis repartit.

Deux cents mètres : toujours personne sur ses talons pour lui rapporter l'affreux melon. Bizarre, bizarre !

Il n'osait accélérer l'allure. Avait-il enfin réussi ?

Le cœur battant, il rentra chez lui, soulagé, tout guilleret, comme s'il avait gagné le gros lot au loto. Il sauta même les marches du perron de son petit pavillon à cloche-pied !

Il y avait au moins vingt ans qu'il n'avait pas fait un tel exercice !

Et toujours personne ne se présentait pour lui rapporter le melon...

Hélas! Au bout d'une demi-heure, la tête commença à lui peser, sa vue se brouilla. Que se passait-il? Le début d'une grippe, d'une mauvaise fièvre?

Après une heure d'attente, une violente migraine lui emplissait le crâne comme une tornade. Il avait si mal qu'il ne pouvait plus ouvrir les yeux. Il prit deux aspirines. La douleur était terrible comme...

Comme sur cette affiche publicitaire pour l'aspirine qui représente un homme au crâne chauve énorme que traverse une rame de métro, d'une oreille à l'autre! Eh bien, monsieur Graindorge ressentait cette pénible impression d'une rame de métro tournant dans sa tête.

Il fit venir son médecin de famille qui diagnostiqua... une très forte migraine et ordonna quelques médicaments.

Le lendemain, la migraine était toujours présente, tenace, aussi atroce. Un véritable supplice. Monsieur Hippolyte Graindorge comprit que le chapeau en était la cause; ou du moins l'absence de ce chapeau puisqu'il ne l'avait plus. Il se souvint avoir ressenti les premières douleurs peu après l'avoir "oublié".

Joli cadeau, en vérité, que lui avait fait l'Indou! Voilà ce que c'est de vouloir rendre service à des inconnus.

Comme il ne pouvait sortir à cause de la terrible douleur qui lui crispait les paupières et l'obligeait à garder les yeux fermés, il téléphona à son voisin d'en face qui envoya son gamin récupérer le chapeau melon.

C'était bien la première fois qu'il était content de le retrouver. Pour récompenser le gamin de sa débrouillardise, il lui offrit un joli couple de bengalis.

Un quart d'heure plus tard, la migraine avait totalement disparu et monsieur Graindorge pouvait à nouveau s'occuper sans douleur de ses petites affaires habituelles.

Ouf, quel soulagement!

Le melon était bien le coupable et, depuis ce jour, il se garda bien de le perdre de vue.

Bien entendu, il ne s'arrêta pas à cet essai douloureux qui aurait pu être une coïncidence, le fait du hasard. Il fit d'autres expériences mais en abandonnant prudemment le terrible chapeau... au porte-manteau de son entrée. Bien vite, il devait s'en coiffer à nouveau car la migraine revenait sournoisement.

Il se résigna à conserver son chapeau... et à adopter de nouveaux oiseaux car il n'avait pas perdu non plus sa manie de saluer.

Ah! Le plus bizarre est que le soir monsieur Graindorge peut ôter son chapeau pour se coucher sans que la migraine survienne! Y aurait-il un rapport avec le mouvement du soleil? Ou de la lune? Ou des deux? La nuit, le chapeau perdrait-il ses pouvoirs extraordinaires ou s'endormirait-il lui aussi? Tout simplement!

6

*Monsieur Graindorge
aurait-il une idée merveilleuse?*

Un beau matin où le soleil ne brillait guère, une idée merveilleuse germa comme un haricot dans le modeste cerveau du vieillard.

Aussitôt, il se mit fébrilement à l'ouvrage.

Il bourra tant qu'il put le fond du chapeau avec de vieux journaux mouillés. Il les tassa de façon à constituer un double fond résistant. Quand il eut terminé, il contempla son œuvre et un grand sourire illumina son visage :

« Voilà qui est parfait. De cette manière, les oiseaux resteront coincés dans l'épaisseur du tissu comme s'ils étaient enfermés dans leur coquille. Ils ne pourront plus se former, ni apparaître. J'espère qu'ils ne m'en voudront pas. Ah! pourquoi n'y avais-je pas pensé plus tôt. Hop! Plus d'oiseaux, plus de soucis ! »

Cela le rendit très joyeux. Tout en sifflottant un air de son invention, il passa une heure à changer l'eau des abreuvoirs, à remplir les mangeoires, à pendre quelques branches de millet et à nettoyer toutes les saletés.

Puis courageusement, il décida qu'il était temps de tester son idée lumineuse, ce qui était très téméraire de sa part.

Dans ce but, et comme le système ne fonctionnait qu'une fois par personne, il chercha dans le voisinage quelqu'un qu'il n'avait pas encore rencontré.

Bien entendu, ce jour-là, comme par hasard, il ne croisa que des gens qu'il avait déjà vus de nombreuses fois. Cela n'étonnera personne.

Il parcourut tout le quartier, en long, en large, en diagonale, alla même jusqu'à la piscine, ce qui fait un sacré bout de chemin. Eh bien, pas un visage nouveau !

Il était comme un chien de chasse qui rentre bredouille. Il cherchait une proie et n'en trouvait pas. Il se serait contenté d'un clochard, d'un balayeur. Personne. Il furetait, passait d'un trottoir à l'autre, regardait dans les boutiques, revenait sur ses pas, en vain. Son petit manège commençait à intriguer l'agent de police qui faisait traverser les enfants de l'école... Il changea de rue.

Enfin !

Enfin, il croisa en rentrant chez lui mademoiselle Pofleury, vieille demoiselle de soixante-quinze ans un peu simplette qui habite avec sa sœur et son beau-frère le camionneur (celui qui se gare toujours sur le trottoir !) dans un petit immeuble de la rue.

Mademoiselle Pofleury ressemble à toutes les vieilles fofolles : un chapeau noir avec cerises et fleurs en plastique, une peau de renard mitée autour du cou quelle que soit la saison. Une longue robe noire comme une soutane qui sent la naphtaline et des bottines à boutons. Sans oublier les mitaines de dentelle jaunie...

Le cœur battant comme une batterie d'orchestre pop, monsieur Graindorge la salua avec sa politesse habituelle...

Et alors ! et alors !...

Zorro est arriv...

Hum, hum, du calme, du calme !

Monsieur Graindorge salua donc la vieille demoiselle.

Non seulement une bécasse, toutes plumes ébouriffées, s'envola en criant désespérément, mais une pluie de cocottes en papier dégringola sur les épaules de monsieur Hippolyte Graindorge...

Ahurie, la vieille demoiselle contempla ce spectacle incroyable avec des yeux gros comme des boules de billard, ouvrit la bouche... comme une bouche d'égout découvrant ses trois dernières dents ; et tout à coup elle poussa un long cri perçant comme celui de la bécasse et, relevant sa jupaille mitée, se sauva à toutes jambes.

Il paraît qu'elle court encore.

C'était raté, raté, raté !

7

L'abondance de biens peut nuire !

Tout au début de sa mésaventure, monsieur Graindorge avait acheté une très grande cage, se disant que cela serait bien suffisant : les premiers pensionnaires n'étaient pas bien gros. Il s'agissait de mésanges, de pinsons, de rouges-gorges, d'un martinet (qui était tout le temps dans le jardin) et d'un moineau qui préférait la plupart du temps se promener sur le trottoir avec les autres moineaux.

« C'est agréable, les oiseaux, pensait monsieur Graindorge. Ça chante, ça sautille, ça vole, c'est coloré, ça vit. Ils me tiennent compagnie. Je suis moins seul. Et maintenant que mes enfants sont loin... »

Il avait installé avec amour ses chers petits dans la véranda. Ainsi, ils pouvaient profiter au maximum du soleil pour chanter sans craindre les courants d'air. Tout allait pour le mieux.

Mais avec la chouette et la bécasse, sans oublier tous les autres petits nouveaux, la cage était devenue trop petite.

«Oh! ça ne fait rien, je vais en acheter une seconde. Il y a encore de la place dans la véranda. Et puis, la chouette préfère vivre dans l'obscurité du grenier et la bécasse dans le jardin. Elles ne me dérangent pas. Bah! Deux cages, cela m'occupera, j'ai tant de temps libre.»

Il acheta donc une autre cage, semblable à la première.

Sur le chemin du retour, il discuta avec le pharmacien, croisa un ami de passage dans le quartier et dit bonjour à deux vieilles connaissances, si bien qu'en arrivant à la maison, la cage neuve contenait déjà quatre oiseaux de toutes les couleurs dont un perroquet.

Monsieur Graindorge poussa un long soupir. Ses yeux allaient d'une cage à l'autre. Que faire de tous ces oiseaux?

Monsieur Graindorge distribua des oiseaux dans son entourage avec la plus grande générosité et la plus grande gentillesse: chez les voisins, les vieilles personnes isolées et sans compagnie, dans quelques maisons de retraite où les animaux sont autorisés, et il donna le perroquet pour une tombola.

Une semaine plus tard, il apprit qu'il avait gagné le premier lot. Le perroquet!

Il se sépara aussi de quelques serins siffleurs (qui le réveillaient très tôt le matin quand ce n'était pas le coq dès que le soleil pointait !) Il offrit quelques canaris, bengalis, perruches et se débarrassa une deuxième fois du perroquet auprès d'un vieux marin à la retraite.

Ah ! le coq.

Le coq, il le possédait depuis longtemps, bien avant que l'Indou lui offrît le chapeau melon. Il avait gagné un poussin en lot de consolation à un concours de belote. Et le poussin avait grandi...

Mais tous les oiseaux qu'il pouvait donner n'étaient qu'un verre d'eau dans une piscine. Les cages se remplissaient de plus en plus vite et bien plus vite qu'elles se vidaient.

Quel malheur !

Sa collection devait compter alors à peu près cent cinquante spécimens. Cent cinquante oiseaux de toutes sortes !

Un mois plus tard, le vieux matelot était mort et le perroquet était revenu de lui-même chez monsieur Graindorge.

8

L'idée du siècle

Cela fait maintenant trois mois que monsieur Graindorge possède ce maudit chapeau.

Les cages sont devenues à nouveau trop petites. Jeudi dernier, c'est un magnifique mais encombrant cygne à col noir qu'il a rapporté d'une visite chez un ancien voisin parti à la retraite. Hier, c'étaient neuf autres oiseaux de toutes sortes, simplement en allant faire ses courses chez les commerçants du quartier. Il faut bien se nourrir !

Combien possède-t-il d'oiseaux maintenant ?

Beaucoup trop, c'est certain !

Le pauvre n'a pas le courage de les compter.

Mais ce matin, tandis que la pluie tombe à verse, ce matin, monsieur Hippolyte Graindorge sent qu'il tient pour de bon l'idée du siècle. La bonne, la vraie, l'idée géniale qui va le libérer.

Oui, cette fois il est persuadé de pouvoir se débarrasser d'un maximum d'oiseaux. Il se sent subitement soulagé comme si la chose était déjà faite. Pourtant, il ne faut pas vendre la peau de l'ours avant de l'avoir tué ! Monsieur Graindorge se sent rajeunir ! Il se sent tout léger... comme un oiseau... léger, léger... Hum, pardon !

C'est une telle charge de s'occuper de tant d'oiseaux, sans parler de certains rapaces. Monsieur Graindorge se serait bien passé de cette dangereuse compagnie, mais c'est le chapeau qui décide !

Il possède donc :

Un aigle royal, cinq vautours (tous plus hargneux les uns que les autres) deux splendides condors des Andes, une chouette (qui est apparue au début de ce récit), deux hiboux, un serpentaire ou secrétaire (perché sur ses longues pattes), un milan et deux effraies.

Ah ! tous ces oiseaux qui, il faut le reconnaître, ne sont pas très sympathiques, avaient bien assombri, terni l'idée que se faisait monsieur Graindorge de certaines de ses relations et certaines de ses amitiés.

Les rapaces qui sont des oiseaux utiles ont une mauvaise réputation ; c'est un tort. Sans doute à cause de leur bec crochu de sorcière, de leurs griffes recourbées et de leur regard méchant. On ne refait pas l'opinion publique !

Monsieur Graindorge fut très déçu quand il rencontra monsieur Grinceron.

Il le connaissait comme un homme apparemment gentil et souriant, à l'allure bonhomme, un bon vivant qui aime à rire. Erreur! En réalité ce n'est qu'un vieux grippe-sou grincheux qui cache bien son jeu. Monsieur Graindorge s'en rendit compte quand cet homme provoqua l'apparition d'un horrible vautour déplumé, le plus laid de la bande et le plus gros.

Depuis, monsieur Graindorge change de trottoir quand il aperçoit monsieur Grinceron.

Oui, ses rapaces lui donnent bien du souci. Ce sont des oiseaux carnivores.

Certains se nourissent de viande pourrie et d'autres de proies vivantes que monsieur Graindorge doit se procurer tous les jours : souris, rats, lapereaux, mulots, serpents...

C'est un incroyable souci d'entretien. "Un esclavage", comme dit madame Piquebec, l'épicière.

Sans compter les achats de poissons divers pour les oiseaux marins, les kilos de graines de toutes sortes et les dizaines de gâteaux et os de seiche pour oiseaux.

Quel esclavage!

Pendant un certain temps, monsieur Graindorge avait espéré que les espèces d'oiseaux sauvages finiraient bien par s'enfuir pour retrouver leur liberté. Il les imaginait fuyant vers les étangs, les bois, les marais, les montagnes et même vers l'Afrique et l'Asie. Car enfin, un vautour est fait pour vivre en Afrique comme un aigle en haute montagne et une mouette au bord de la mer, et non pas dans un petit pavillon de la banlieue parisienne!

Eh bien non! Il n'y avait rien à faire!

Il devait se rendre à l'évidence : tous se trouvaient bien chez lui. Même les oiseaux qui habituellement ne sont pas du tout apprivoisables semblaient très à l'aise auprès de lui. C'était incroyable mais vrai !

Donc, ce matin, monsieur Graindorge a eu l'idée du siècle !

Mais cela mérite un nouveau chapitre...

9

Le marché aux oiseaux

Ce matin donc, monsieur Graindorge a eu l'idée du siècle !

Voilà ce qu'il s'est dit :

« Oh ! mais voilà, j'y suis ! C'est une idée lumineuse. L'idée du siècle, si je puis dire. Je vais aller au marché aux oiseaux. Je vais m'installer avec deux ou trois cages, je l'ai vu faire plusieurs fois. Et je vais vendre mes oiseaux. L'argent gagné me permettra de nourrir les autres. C'est aussi simple que cela, je suis vraiment distrait pour n'y avoir pas songé plus tôt ! »

Ce qu'il fit aussitôt, tout ragaillardi.

Il sélectionna les passereaux qui lui semblaient les plus jolis, les plus vifs, les plus faciles à vendre. Cela lui faisait mal au cœur, mais il devait le faire. Il mit le perroquet sur son épaule :

« Il fera ma publicité, pour attirer les clients. Il est

bavard comme une concierge et connaît au moins cinquante mots de vocabulaire qu'il prononce parfaitement. Oui, ce sera une bonne publicité, je pense ! »

Il s'installa dans l'allée centrale sur un fauteuil de plage et attendit patiemment, le sourire aux lèvres. Pour la première fois, le soleil brillait.

Le perroquet très content de faire une promenade regardait les passants en penchant la tête d'un côté, puis de l'autre. Il bavardait, bavardait sans cesse, interpellait les gens à la grande honte de monsieur Graindorge. Mais dès qu'une personne s'approchait, l'air intéressée, il prenait un air idiot et devenait plus muet qu'un poisson rouge, il se tenait tout raide et ne bougeait pas une plume comme s'il était empaillé.

Alors les gens se détournaient.

Enfin, au bout de deux heures de patience, un petit garçon en short blanc et maillot rayé, tirant sa maman par la main, vint se planter devant monsieur Graindorge, ses cages et son perroquet farceur.

« Maman ! Maman ! regarde le joli perroquet ! Il parle votre perroquet, m'sieur ? »

Monsieur Graindorge allait répondre que d'habitude il parle très bien mais qu'aujourd'hui... C'est alors que l'animal se mit à claironner :

« Vilain zoiseau ! Vilain zoiseau ! Vilain zoiseau ! Pas beau, pas beau ! » Les yeux du petit garçon s'illuminèrent.

« Oh ! Maman, il parle. Il parle comme Mammy au téléphone. Oh ! dis maman, tu veux bien me l'acheter ?

— Bonjouuurrr la compagnieeee. Bonjouuurrr la compagnieeee ! reprenait de plus belle le perroquet en balançant tout son corps d'avant en arrière.

— Mais, mon chéri, tu n'y penses pas, nous sommes trop petitement logés et ton père n'apprécierait certainement pas un animal qui parlerait comme ta grand-mère maternelle !

— Il était t'un petit navireuuuu ! Il était t'un p'tit navireuu ! chantait le perroquet. Jacquot est beauuu ! Jacquot est beau ! Est beau, est beau ! Jacquot est beau...

— Oh ! maman, je t'en prie, il est si drôle... Regarde ! Il secoue la tête comme Mammy !

— N'insiste pas, mon chéri, ce n'est vraiment pas possible... et il est trop cher.

— Oh ! maman ! j'ai bien travaillé en classe et tu m'avais promis...

— A l'abordageuuu ! Il était t'un p'tit navireuuu !

— Bien sûr, bien sûr... » reprit la maman qui ne savait plus quoi dire. Elle ne voulait pas peiner son fils mais ne pouvait se résoudre à acheter le perroquet. Elle lança à monsieur Graindorge un coup d'œil qui voulait dire : « Je vous en prie, monsieur, faites quelque chose. Je ne peux vraiment pas lui acheter ce perroquet. »

Monsieur Graindorge, homme trop gentil pour faire de la peine à qui que ce soit, toussa dans sa main et dit :

« Heu... Je ... Regarde, mon petit garçon, regarde, j'ai beaucoup d'autres oiseaux aussi jolis et...

— Oui, oui, voilà, coupa la maman ravie de cette proposition. Je veux bien t'acheter un couple de serins pour te récompenser, ou, tiens ! des bengalis, ils sont adorables. Mais il faudra que tu t'en occupes et que tu continues toute l'année à bien travailler à l'école.

— Bon d'accord ! Promis, m'man. Je veux celui-là et celui-là !

— A l'abordageuuu ! Il était t'un p'tit navireuuu ! » continuait de toute sa voix le perroquet sur l'épaule de monsieur Graindorge.

Décidément, ce n'est pas encore aujourd'hui qu'il s'en débarrassera !

Monsieur Graindorge réussit ensuite à vendre trois couples de serins et des perruches, les affaires allaient bon train mais...

Mais, par politesse, comme toujours, il saluait ses clients. Si bien qu'après chaque vente il se trouvait en possession d'un nouvel oiseau. Un ôté de deux cela ne faisait qu'un seul oiseau de moins.

Et il conservait son perroquet qui n'était pas une aussi bonne publicité qu'il imaginait.

Les jours suivants ne furent pas d'un meilleur rapport. Son petit manège attira vite l'attention des autres marchands qui froncèrent les sourcils en voyant agir le vieil homme. Surtout un énorme bonhomme avec des bras comme des cuisses d'éléphant et une tête de catcheur, tatoué sur les bras, les avant-bras, la poitrine.

Il s'approcha d'un autre vendeur.

«Dis donc, Marcel, t'as vu le p'tit père sur son pliant, comme un crapaud sur une boîte d'allumettes avec son chapeau marrant! dit-il au second qui souleva sa casquette à carreaux pour gratter sa tignasse rousse épaisse. T'as vu! Il vend deux serins, il soulève son galure miteux pour saluer comme on faisait au temps des marquises et... Il est marteau ce type! t'as vu, Marcel! Il sort un bouvreuil à longue queue du galurin! Ça te paraît pas bizarre à toi, Marcel?

— Je dirais même mieux, tu vois, moi, je trouve ça bizarre. D'où c'est qu'il le sort donc, son piaf? Ça me paraît pas très régulier! Une fois passe, c'est drôle, mais c'est à chaque coup. A mon avis, c'est pas très net, ce type. On va en parler à Tatave et au gros Léon!»

Oui, la concurrence trouva ce système étrange et déloyal (la jalousie!). Pourtant monsieur Graindorge aurait tant souhaité se défaire de ses oiseaux sans que d'autres apparaissent.

A la fin de la semaine, une délégation d'oiseliers menaçants vint entourer monsieur Graindorge. En première ligne, il y avait le grand tatoué, Marcel, Tatave et le gros Léon, tous des plus de cent kilos.

«Attention à la tempêteuuu!» cria le perroquet.

Deux d'entre eux saisirent le vieil homme par les bras et l'expulsèrent du marché comme un malpropre tandis que les autres confisquaient les cages et se partageaient les oiseaux comme un butin de guerre.

Monsieur Graindorge se retrouva assis au bord du trottoir, déçu, meurtri, désemparé, dégoûté. Il avait

honte d'avoir été traité comme un malhonnête homme, comme un voleur. Pourquoi les gens étaient-ils si méchants ?

Oh ! après tout, ce n'était pas une mauvaise affaire puisqu'il abandonnait sur le champ de bataille vingt-quatre oiseaux ! On se console comme on peut !

10

La fabrication de la grande volière

Les choses s'aggravaient de jour en jour. Les oiseaux devenaient beaucoup trop nombreux pour les deux grandes cages et pour une troisième plus petite, toute rouillée, qu'il avait remontée d'urgence de la cave.

Monsieur Graindorge était désespéré.

Il n'avait plus la moindre place pour accueillir de nouveaux oiseaux et n'avait pas le cœur de les chasser. Il n'était guère adroit de ses mains pour les gros travaux de menuiserie et ce qu'il entreprenait était souvent fait de travers, mais il se résigna et, prenant son courage à deux mains et ses outils dans... Enfin, bref !

Il se mit au travail avec ardeur et application. Dans le hangar qui se trouve au fond du jardin, il construisit une vaste volière. Il mesura, tapa, scia, cloua, décloua, rescia, vissa, dévissa, se tapa sur les doigts toute la journée.

Le lendemain, il fixa le grillage à petites mailles qui traînait dans un coin depuis des années, preuve que tout peut servir un jour. Le troisième jour il posa les charnières et les perchoirs.

Le travail achevé, il le contempla d'un œil satisfait : « Pas mal, pas mal, pour un amateur. Oh ! la porte est un peu de travers, mais elle ferme, c'est le principal. Il suffit de pousser de ce côté, de tirer ici, de caler légèrement là... »

Il regarda ensuite son pouce droit, emmailloté comme un poupon, les ampoules de ses paumes, le pansement sur son bras droit, tâta la bosse qui jaunissait sur son front et fit la grimace : « Pas mal ; mais pas sans mal ! Enfin, le résultat est là. Mes oiseaux vont être à leur aise. »

La volière se remplit très vite. Un mois plus tard, monsieur Graindorge l'agrandit. Cela ne fut pas suffisant.

Il l'agrandit au maximum en déblayant la moitié de son atelier, en empilant dans un coin du jardin les bûches à brûler, en jetant tout un tas de bricoles inutiles et inutilisables du genre vieilles casseroles percées ou sans manche, ressorts rouillés de sommier, porte-manteau cassé (qu'il s'était toujours promis de remettre en état), bidons vides, outils hors service et vieux lustres.

Il s'était défait aussi d'une bonne centaine de bouteilles vides de toutes les formes. Ça fait du ménage !

Sans compter deux grandes poubelles de petits machins imprécis et divers.

Un soir qu'il était particulièrement fatigué et qu'il n'avait pas le moral, il avait fait semblant d'oublier de fermer complètement la volière.

Perfidement, il s'était dit :

«Certains oiseaux vont profiter de l'occasion pour s'évader, c'est bien normal, afin de rejoindre leurs semblables dans la nature. Ils y seront plus heureux. Il serait criminel de garder prisonniers des oiseaux sauvages...»

Il se coucha mais passa une très mauvaise nuit, agitée de cauchemars, se retournant sans cesse dans son lit.

Il avait mauvaise conscience, lui qui n'avait jamais fait une mauvaise action de sa vie !

«Et si par malheur, les oiseaux d'appartement, tous ces petits oiseaux fragiles, s'échappaient eux-aussi ! Ils mourraient à coup sûr ! Ils ne sont pas armés pour ce genre de vie. Ce sont des oiseaux d'intérieur qui ne savent pas lutter contre le froid, contre la faim, contre les autres animaux, contre toute la nature. Suis-je distrait pour n'avoir pas songé à cela plus tôt !»

Il passa une nuit terrible d'angoisse, prêtant l'oreille au moindre bruit provenant du jardin comme un lapin aux aguets.

De bon matin, il se leva, enfila rapidement sa robe de chambre, mit son chapeau sur la tête et se rendit aussitôt au fond du jardin... Mais dans l'escalier, il fit subitement demi-tour : il avait simplement oublié ses pantoufles !

Il ouvrit doucement la porte de derrière. Pas un bruit.

Le jour pointait à peine.

Une brume légère flottait au-dessus du petit bassin aux nénuphars fermés.

Il faisait frais.

Il frissonna. L'herbe sentait bon la fraîcheur de la rosée.

Il traversa le jardin. Il tremblait de sommeil, de froid et de crainte. Il s'approcha de la volière, calme et étrangement silencieuse ; ferma la porte, poussa le loquet puis regarda enfin à l'intérieur. Il y faisait très sombre.

Il fut soulagé et presque heureux de constater qu'aucun de ses petits pensionnaires si fragiles, aucun n'avait profité de l'aubaine pour gagner la liberté.

Les plus gros non plus d'ailleurs !

Il n'en manquait pas un à l'appel !

11

Comme le métro à six heures du soir

Bien entendu, ce ne sera une surprise pour personne, en quelques semaines, cette magnifique volière se trouva trop petite pour la quantité incroyable d'oiseaux de toutes races, de toutes tailles.

Les oiseaux ont besoin d'espace. Ce ne sont ni des sardines à l'huile dans leur boîte, ni des êtres humains que l'on peut tasser, entasser, presser, écraser dans une rame de métro à six heures du soir.

Les pauvres bêtes n'ayant plus assez de place pour s'ébattre se rencontraient en plein vol, se percutaient au décollage, se heurtaient au grillage.

C'était un véritable massacre.

Les mangeoires n'étaient plus assez grandes pour que chacun pût s'y nourrir à son aise quand bon lui semblait.

Monsieur Graindorge devait faire trois services par jour.

Les malheureux faisaient la queue pour manger, la queue pour boire. Et Dieu sait que les oiseaux ne sont ni patients, ni disciplinés.

Monsieur Graindorge disait :

« Ils sont patients comme des chats qui se brûlent. »

Et comme les oiseaux mangent sans arrêt, c'était la pagaille !

Les plus vigoureux battaient les petits, les chassaient dans les coins. Les petits se mettaient à plusieurs pour se venger. Alors s'ensuivaient de furieuses bagarres et la plume volait.

Ce n'était pas une vie...

Que pouvait faire de plus le pauvre monsieur Graindorge ?

Il lui était impossible d'agrandir davantage la volière.

Il pensa la diviser en deux parties égales par un grillage : un côté pour les petits, l'autre pour les gros.

Cela ne résolut pas tous les problèmes et, de chaque côté, les bagarres continuaient.

Alors, ne sachant plus quoi inventer, il ressortit la première cage qu'il avait achetée, la dépoussiéra, lui rendit sa place dans la véranda, sélectionna les quinze plus beaux et plus délicats spécimens d'oiseaux et les y installa.

Eux qui avaient perdu leur voix se remirent à chanter.

« Ceux-là au moins ne seront pas plumés par les

plus hargneux », murmura-t-il en admirant dans un rayon de soleil leurs couleurs éclatantes.

Seulement, quinze de moins dans la volière, cela ne donnait pas beaucoup plus d'espace à chacun des autres. Et puis, au cours de la semaine, il en arriva treize nouveaux...

« Voyons, voyons ! Que vais-je pouvoir faire ? » se disait le vieillard en se grattant le crâne à la recherche d'une bonne idée. « Je ne vois qu'une solution, je vais ressortir la deuxième cage. »

Ce qu'il fit.

Il sortit la deuxième cage, la peupla comme la première. Puis le lendemain, il ressortit la troisième cage — la très vieille — et la dépoussiéra...

Le lendemain, il se trouvait à nouveau dans l'impasse. La volière était toujours aussi pleine.

Monsieur Graindorge se gratta encore plusieurs fois le crâne. Il ne trouvait rien. Il était beaucoup trop fatigué pour bien réfléchir. La situation devenait alarmante.

En attendant une nouvelle idée — vraiment géniale — qui ne venait pas, il acheta une quatrième cage, gigantesque, qu'il plaça dans la salle à manger.

Puis une autre, identique. Et encore une autre...

Les oiseaux étaient de plus en plus nombreux.

Monsieur Graindorge ne savait plus quoi faire. Il n'osait plus sortir, se faisait livrer des provisions par l'épicier, le boucher, le grainetier... Ses économies fondaient à vue d'œil. Il s'affolait, courait d'une cage à l'autre.

Il arrêta de se gratter le crâne car la peau était toute rouge, très irritée.

Alors ce que monsieur Graindorge redoutait depuis longtemps arriva : ce fut l'explosion.

L'explosion !

Non, pas l'explosion : BOUM ! La maison n'éclata pas comme un œuf trop plein ! Ce fut autre chose :

Le printemps était arrivé.

Depuis quelque temps monsieur Graindorge avait pu observer avec ravissement — au début — que plusieurs couples se formaient, car il possédait maintenant plusieurs oiseaux de chaque race.

Il était bien naturel qu'il y eût des mariages !

Mais il perdit sa tendre gaieté quand de petits becs affamés apparurent au bord des nids.

C'était charmant, attendrissant. Il passait de longues heures, assis devant les cages, à les admirer, mais c'étaient autant de becs voraces à nourrir. Il dut rapidement faire un quatrième service de nourriture.

En deux mois la population des cages et de la volière doubla !

Que faire ?

Monsieur Graindorge se décourageait, dépérissait de jour en jour. Il ne savait plus où donner de la tête... Il passait ses journées à courir d'une cage à l'autre, nourrissait les uns, séparait les autres, veillait à la bonne santé et à la croissance des jeunes, ne s'arrêtait plus pour les regarder aussi longtemps, achetait de nouvelles cages, ouvrait la porte du grenier à la colonisation des rapaces et ne se nourrissait plus lui-même que de sandwichs !

Quelle vie !

Et tous ses efforts étaient insuffisants !

L'explosion, ce n'était pas encore cela.

Ce n'était que la cause.

L'explosion, ce fut le fait que les cages étaient trop pleines, qu'il n'y avait pas de solution et qu'il fallait bien loger les oiseaux quelque part, mais où ?

Le pauvre homme s'arrachait ses derniers cheveux blancs !

« Que vais-je devenir ? Pauvre de moi ! Que vais-je faire pour arrêter cette invasion ? »

Voici ce que fut l'explosion :

Les oiseaux qui jusqu'à ce jour se tenaient tranquilles profitèrent d'un instant de distraction de monsieur Graindorge. Trop pressé de courir d'une cage à l'autre, il n'avait pas fermé la porte de la volière au loquet. Un bouvreuil à l'œil malin s'aperçut immédiatement de l'oubli. Il fit signe aux autres oiseaux qui, unissant leurs forces, poussèrent la porte et s'enfuirent.

S'enfuir !

Mais pas bien loin puisqu'ils vinrent s'installer dans la maison !

12

La visite de la maison : n'oubliez pas le guide !

Le petit pavillon de monsieur Graindorge, vu de l'extérieur, ressemble à tous les pavillons de banlieue, en pierre meulière, avec son perron et son auvent, ses fenêtres aux volets verts et son toit rouge en accent circonflexe. Un coquet petit pavillon entouré d'un jardinet.

Le vieil homme a l'air terriblement éreinté en rentrant, la démarche lourde, avec son pain sous le bras... et un paon majestueux sur les talons.

Vraiment, il semble que tous les ennuis de la planète se soient concentrés sur ses épaules. Il marche voûté comme s'il avait, d'un coup, vieilli de dix ans.

Pauvre monsieur Hippolyte Graindorge !

Il tire sa clef de sa poche, ouvre la porte, jette un coup d'œil par l'entrebâillement avant d'ouvrir en grand. Il entre et referme à clef.

Il soupire, suspend son pardessus au porte-manteau où perchent en partant du haut :

un perroquet gris,

un ara multicolore (décortiquant une cacahuète avec application, celui dont il n'arrive pas à se débarrasser !),

un cacatoès à crête jaune,

un autre perroquet plus petit, un lori, qui se balance de droite à gauche, à donner le mal de mer.

Monsieur Graindorge conserve bien entendu son chapeau sur la tête : attention à la migraine !

Il échange ses chaussures contre de bons vieux chaussons fourrés. Il doit en déloger un petit oiseau marron à gros bec qui pendant son absence a eu le toupet d'y élire domicile.

La visite de la maison continue !

Que peut-on voir dans le porte-parapluie ?

Un magnifique couple de mainates en train de couver, phénomène exceptionnel dans nos régions. C'est dire comme les oiseaux se plaisent ici !

Dans la salle à manger sont disposées cinq gigantesques cages, grandes comme des buffets. De très belles cages en vérité, un peu encombrantes mais très belles, les vitres couvertes-de décalcomanies multicolores.

Dans chacune s'ébat joyeusement une multitude d'oiseaux d'appartement.

Ah ! dans la salle de bain, barbotent des canards de toutes sortes : colverts, canards siffleurs(!), pilets, canards de Barbarie, de Rouen, de Pékin (pourtant,

ils ne sont pas jaunes et n'ont pas les yeux en amande !), canards musqués, carolins... enfin toutes les espèces de canards qu'on peut imaginer.

Tout ce joli petit monde va du lavabo à la baignoire, éclabousse partout, répand de l'eau joyeusement...

Voici la cuisine.

Difficile d'y mettre un pied, là aussi !

Un couple d'oies, une demi-douzaine d'oisons piaillards et duveteux ont élu domicile dans le placard sous l'évier avec leur progéniture.

Parfois éclatent des disputes de voisinage avec un gros pélican, plus fier qu'un paon, qui occupe en permanence l'étage au-dessus, c'est-à-dire l'évier : un bac pour faire trempette, et un bac pour dormir. Tout le confort, quoi !

Une foule roucoulante de pigeons niche dans les éléments du buffet parmi les assiettes, les bols et les casseroles. Parfois une patte maladroite dérape sur une soucoupe ou une tasse qui va se briser sur le carrelage.

Ça met de l'ambiance ! Et du désordre !

Par la fenêtre, on peut voir dans le jardin, sur les cordes à linge, une ribambelle d'hirondelles, d'étourneaux et de martinets, dont les nids, fort heureusement, sont construits sous le rebord du toit. En voilà au moins qui savent se débrouiller tout seuls et ne dérangent pas monsieur Graindorge.

Ah ! dans la salle à manger, il y a également la grue cendrée qui se dissimule en général sous l'abat-jour du lampadaire et les cigognes qui se sont installées sur le lustre.

Et la visite continue !

La pièce qui sert de buanderie (ou de débarras, comme on veut !) héberge :

six mouettes et leurs petits,

le cygne à col noir,

troix perdrix et leur couvée,

quatre faisans dont deux dorés, magnifiques,

un coq de bruyère,

un coq tout court à plumage tricolore et ses cinq poules rousses communes (elles pondent des œufs savoureux !),

un tétra-lyre (les deux paons vexés ont fui cette compagnie qui leur faisait trop de concurrence quant à la beauté. Ils vivent dorénavant dans le jardin où ils ont l'espace suffisant pour faire la roue),

cinq pintades,

huit dindes dodues,

quatre dindons et une bécasse.

Ouf !

Il y a encore le bureau de monsieur Graindorge, le placard dans l'escalier et... Et puis, il faut bien parler de... du... du petit endroit où loge solitaire un vieux marabout...

13

Combien monsieur Graindorge
peut-il avoir de pensionnaires ?

COMBIEN ?

Un nombre étourdissant !

Etourdissant, c'est le mot juste.

La visite n'est pas finie !

Attention aux premières marches ! L'escalier de la cave est raide. La cave où dorment tous les oiseaux de nuit... Tout compte fait, non, il vaut mieux s'abstenir de descendre. Il fait trop sombre. L'ampoule est grillée... Et ce n'est pas la peine de les déranger, ils n'ont pas trop bon caractère.

Les autres rapaces se sont installés au grenier. Les gros, les voraces, tous ceux qui consomment des quartiers de viande.

Ils sont quinze ou seize.

Mais, vu leur envergure, ils occupent pas mal de place. Et qui songerait à les déranger ? Quand on voit ces becs crochus! et ces serres acérées! (pas facile à prononcer). Et cet œil méchant. Et... et tout le reste pas sympathique du tout. Brrr... ça donne froid dans le dos!

La visite continue!

Dans la véranda vivent soixante passereaux répartis en quatre cages. Ce sont les plus beaux mais les plus délicats. C'est pour cette raison que monsieur Graindorge les tient bien au chaud.

Dans le jardin habitent avec ceux déjà nommés :

deux flamants roses couleur feu,

trois hérons communs dans le bassin aux nénuphars (dont il faut sans cesse renouveler la population de poissons),

deux pics verts dans le marronnier,

une grive dans le cerisier,

un ménure superbe quelque part dans les massifs de fleurs,

un couple de geais dans le chêne.

Tous ceux-là se débrouillent à peu près seuls pour leur nourriture.

Et puis, il y a les merles un peu partout. Les chenapans ont attiré des copains de l'extérieur pour participer au festin. Et puis, il y en a encore d'autres, comme les corbeaux, les piafs...

Ah! sans oublier dans le compte la grande volière de la remise dont on ne reparlera pas.

Voilà qui constitue une belle famille!

Cela doit nous donner un total... provisoire, pour aujourd'hui de :

$4 + 2 + (5 \times 25) + 6 + 34 + 8 + 1 + 72 + 33 + 47 + 2$
$+ 3 + 52 + 1 + 15 + (4 \times 15) + 18 + 84...$

Et je retiens deux...

Et 4 qui font... heu... voyons... la retenue... égale 567 oiseaux au minimum, sauf erreur de calcul. Bon, disons, pour arrondir, 600 oiseaux et n'en parlons plus !

Laissons monsieur Graindorge tranquille pour ce soir. Il mérite bien un peu de repos.

Par bonheur, il a réussi, on ne sait comment, oui, il a réussi à préserver sa chambre à coucher de cette invasion à plumes.

Bonne nuit, monsieur Graindorge !

14

Quand on se lève du pied gauche

Il y a des jours où tout va de travers dès le matin.

On s'écrabouille le gros orteil en se levant du mauvais pied parce qu'on est en retard à cause d'une saleté de réveil qui n'a pas sonné.

On flanque celui-ci par terre d'un revers de manche malencontreux et il se met à sonner sans fin pour clamer son mécontentement.

La poignée de la casserole tourne soudain et le café brûlant vous dégouline agréablement sur les genoux tandis que les tartines brûlent dans le grille-pain et, une fois la partie brûlée ôtée, elle glissent et tombent du côté beurré...

Ensuite, d'énervement, vous piétinez le tube de dentifrice tout neuf, et la moquette rose que vous venez de faire poser dans la salle de bain est irrémédiablement tachée.

Puis ce sont les boutons de la chemise qui tombent en cascade, la seule chemise qui se trouvait en état, la seule chemise repassée évidemment ! Etc. etc.

Ce sont les journées noires.

Il n'y a rien à en tirer, ce n'est pas la peine d'insister. Tout ce qu'on entreprend tourne à la catastrophe. Ces jours-là, on a intérêt à se recoucher et à ronfler sans interruption jusqu'au lendemain.

C'est une journée de cette tragique catégorie qu'entame, sans le savoir, monsieur Graindorge.

En mettant le pied par terre, la triste série commence !

Il pose son chapeau sur la tête, par réflexe, sans réfléchir, l'œil encore plein de sommeil, il s'approche de l'armoire à glace !

Pourquoi fait-il cela ?

Nul ne le sait, pas même lui, car en fait, il n'a rien à prendre dans l'armoire. Pourtant, il le fait...

Il soulève son chapeau en murmurant :

— Bonjour, monsieur Graindorge, bonne journée !

Quelle folie ! Ce qui devait arriver arrive :

Apparaît aussitôt, assis de travers sur le crâne ridé... un oiseau bien entendu !

Mais pas n'importe quel oiseau !

Un pingouin ! Oui, UN PINGOUIN !

Eberlué, monsieur Graindorge se regarde dans la glace puis se frotte les yeux. Non, il ne rêve pas. Il se regarde une nouvelle fois, regarde le pingouin qui le regarde d'un air ahuri et il soupire :

« Suis-je étourdi pour n'avoir pas pensé qu'en me regardant dans la glace, je serais en face de moi-même comme si je me parlais. Et conséquence... il me vient un oiseau. Suis-je étourdi ! »

Il dépose l'animal à terre, et des yeux suit son dandinement.

« Voilà donc mon représentant dans la famille des volatiles. Si j'étais oiseau, je serais ce maladroit pingouin ! Ce n'est guère flatteur, il faut le reconnaître. Un pingouin ! »

Très à l'aise, le palmipède saute sur le lit, glisse sur l'oreiller comme sur une banquise, bondit sur la table de nuit, vraiment très à l'aise, et... malheur !... flanque par terre le réveil qui se met à sonner comme un fou avant de rendre l'âme, le verre brisé, les ressorts tordus.

Monsieur Graindorge, qui par réflexe s'était précipité pour le rattraper au vol, s'écrase le gros orteil contre le pied du lit et sautille sur place en ululant comme sa chouette.

Le pingouin, le prenant pour un pingouin de grande taille, vient se frotter contre sa jambe en poussant de petits cris attendrissants.

Monsieur Graindorge, en colère, veut écarter le trop affectueux animal. Il perd l'équilibre, s'accroche aux rideaux et... La tringle se descelle, lui dégringole sur la tête et l'assomme à moitié.

Le pauvre se débat dans les doubles rideaux tandis que le pingouin se désintéresse de la question et va becqueter la dentelle d'un napperon.

Enfin quand le malheureux Hippolyte arrive à se dégager, au bord de l'asphyxie, il ne peut que constater les dégâts : le napperon n'est plus qu'une loque, les franges du tapis sont beaucoup moins nombreuses qu'auparavant, les draps se terminent en dentelle, l'oreiller perd ses plumes et ses couvertures sont en lambeaux.

« Oh ! le vandale. Je crois que si j'étais pingouin, je n'agirais pas aussi mal. »

En sortant pour acheter son litre de lait quotidien et sa baguette de pain (il ne peut se résoudre à se faire livrer aussi ces petites choses), monsieur Graindorge, toujours boitillant à cause de sa blessure au gros orteil, tombe nez à nez avec la cousine Marthe, venue spécialement de sa campagne pour lui faire une petite visite.

La pauvre cousine Marthe n'est pas restée cinq minutes ! ni quatre ! ni trois ! Elle n'a même pas pris la peine ni le temps d'entrer dans la maison. Elle est repartie illico, furibonde, violette de fureur, hérissée comme un chat en colère.

Que s'est-il passé ?

Pour lui faire la bise, monsieur Graindorge a tout bonnement ôté son melon.

Comme toujours, un oiseau est apparu !

Oui, mais pas n'importe quel oiseau ! Lequel ?

Ah ! c'est vrai, tout le monde ne connaît pas la cousine Marthe et ne peut pas deviner à quel oiseau elle peut ressembler. Il faut préciser que la cousine Marthe est une de ces femmes... imposantes, importantes même.

Pour tout dire, elle pèse cent dix kilos à jeun. Ses bras sont comme des cuisses et ses cuisses comme... des tonneaux. C'est cela, elle ressemble à un énorme tonneau de bière à pattes. Un tonneau qui aurait une tête d'ogresse avec des mèches grasses en tire-bouchon et un nez comme une tomate à moitié mûre.

Et pour ce qui est de la cervelle, on peut dire sans méchanceté qu'elle n'en a pas plus que ce petit oiseau qu'on appelle la linotte. D'ailleurs ne dit-on pas : avoir une tête de linotte !

En revanche, pour ce qui est des commérages, c'est bien la langue de serpent à sonnette la plus agile de son village, et des environs.

Oh là là ! Vite, vite du secours !

Le pauvre monsieur Graindorge va mourir étouffé sous le monstrueux fessier plumeux de la monstrueuse autruche.

Oui, car il s'agit bien d'une autruche à l'œil abruti qui ressemble trait pour trait à la cousine Marthe et qui ne ferait pas le moindre effort, le moindre mouvement pour libérer monsieur Graindorge.

Heureusement, des voisins serviables accourent, unissent leurs efforts sous l'œil réprobateur de l'autruche.

Ho hisse! ho hisse! Allons du nerf, que diable!

Ce ne sont pas des muscles, c'est de la guimauve! C'est vrai qu'elle pèse au moins... au moins cent dix kilos, cette bête.

Encore un effort!

Voilà le travail. Monsieur Graindorge est libéré. Il était temps. L'autruche met un peu d'ordre dans ses plumes, prend dans son bec le melon cabossé et le lui tend.

Une autruche et un pingouin, pas mal pour un début de journée!

Ce qui est vraiment ennuyeux, c'est que le pingouin suit le vieil homme comme son ombre partout où il se rend. Il ne peut pas faire un pas sans trébucher sur le palmipède qui le regarde de ses yeux tendres.

Le voilà qui se dandine à sa suite sur ses courtes pattes, le bec levé, les ailerons écartés...

15

La série noire continue

Ah là là ! Cela ressemble au fameux jour où monsieur Graindorge rencontra l'instituteur du cours moyen accompagnant ses élèves au stade municipal.

Ils s'étaient tout à coup trouvés nez à nez au coin d'une rue et monsieur Graindorge n'avait pu éviter le groupe.

Bien entendu, il les avait tous salués d'autant qu'il faut apprendre la politesse aux enfants en leur montrant l'exemple.

Ce jour-là, il était rentré chez lui avec une jolie troupe composée de :

un mainate,

cinq perruches (il s'agit d'une classe mixte bien sûr !),

trois serins, un pigeon,

une oie, deux pies, un étourneau, deux perroquets, trois chardonnerets,

deux mésanges bleues et une mésange charbonnière,

un gros bouvreuil,

un oiseau-mouche,

un jaseur de Bohême,

un paon, deux pinsons,

deux colombes,

un rossignol, deux rouges-gorges,

et un calao (cet oiseau au bec énorme jaune et noir !).

Joli défilé dans la rue !

Les passants se retournaient, certains ouvraient des yeux gigantesques, d'autres restaient la bouche ouverte. L'un, de distraction, s'écrasa le nez contre un poteau d'arrêt d'autobus. Un autre s'étala de tout son long en ratant une marche. Un cycliste percuta le trottoir et fit un vol plané...

Enfin, la plus grande panique, quoi !

Triste souvenir !

Après la catastrophe de la cousine Marthe, monsieur Graindorge se rendit à la crémerie. (Pourquoi ? Peut-être pour se changer les idées puisque habituellement, il se faisait livrer.) Il rencontra un monsieur très mal poli qu'il connaissait seulement de vue et qu'il n'appréciait pas tellement. Cet homme eut l'audace et le toupet de passer devant lui et de le bousculer pour se faire servir.

Monsieur Graindorge, toujours candide, souleva

son chapeau pour faire remarquer au grossier personnage :

« Je suis désolé, monsieur. Peut-être ne vous êtes-vous pas aperçu que j'étais là avant vous et...

— Et alors, qu'est-ce que ça peut me faire, dit l'homme à haute voix, je suis pressé, je n'ai pas que ça à faire. Et si ça ne vous plaît pas, c'est le même prix !

— Non mais... Je... » bafouilla monsieur Graindorge à court d'arguments.

Il avait ôté son chapeau !

Et paf !

Un héron butor, pas sympathique du tout, apparut et vint piétiner les fromages frais puis piquer du bec dans les œufs. Quand monsieur Graindorge voulut le saisir, il s'envola, renversa au passage une pile de yaourts qui éclatèrent sur le carrelage comme des bombes à eau.

Il sema une magnifique pagaille dans le magasin. Enfin quelqu'un l'attrapa par une patte et on l'enferma dans le sac de monsieur Graindorge qui, la honte au front, sous les cris et les insultes, dut payer les dégâts.

Ce n'est pas juste mais qu'y faire !

Comme il s'en allait sans rien acheter, l'homme impoli éclata d'un grand rire semblable à un aboiement : Warf ! warf ! warf !

Le héron ne trouva pas à son goût le rire du bonhomme. Il s'échappa du sac. Il gonfla ses plumes et fonça, le cou tendu. A grands coups de son bec aiguisé, il chassa l'individu qui s'était méchamment moqué de monsieur Graindorge. Il le poursuivit sur la chaussée, entre les voitures, jusqu'à ce que l'affreux personnage saute dans un taxi pour une destination inconnue. Puis, satisfait, il regagna le fond du sac.

Il y a tout de même une justice.

De la boulangerie, monsieur Graindorge ressortit avec une baguette très cuite (alors qu'il préférait le pain tendre. Malheureusement toute la fournée était ainsi, à moitié brûlée!) et... un flamant rose.

Un très joli flamant rose d'ailleurs!

Sur le chemin du retour, toujours suivi fidèlement de son pingouin comme d'un petit chien, il évita de justesse, en faisant un large détour, une délégation du club de pétanque du quartier, d'une vingtaine de personnes.

Ouf!

Enfin, il put regagner sans autre écueil son petit pavillon...

Zut!

Voilà ce qui s'appelle parler trop vite!

Il croisa sœur Printemps de la paroisse Saint-Placide du Reliquaire et le ciel lui offrit...

Un oiseau de paradis.

Mais ce n'est pas tout!

Un peu plus tard, en bêchant les mauvaises herbes entre les pierres de l'allée devant sa porte pour se changer les idées, il vit son voisin de droite, monsieur Moinard, parti en voyage en bateau depuis trois mois, qui lui raconta ses prouesses au milieu d'une furieuse tempête.

Bilan : un albatros !

Sa femme vint le rejoindre peu après pour dire un petit bonjour :

Un deuxième albatros.

Par chance, monsieur et madame Moinard n'ont pas d'enfants, pas comme madame Piquebec l'épicière, qui a huit enfants, dix-sept neveux et nièces, sans compter cinq arrière-petits-neveux.

Mais ce n'est pas tout !

Le facteur, qui d'habitude dépose le courrier dans la boîte aux lettres, sonna à la grille car il avait une lettre recommandée à remettre en main propre et avec signature. Monsieur Graindorge souleva machinalement son melon. On voyait bien qu'il pensait à autre chose. Il ne vit même pas le goéland cendré qui vint se poser sur la barrière. Il déchira l'enveloppe, parcourut la lettre et fit la grimace.

Le voisin d'en face, monsieur Gébert, qui le suivait du coin de l'œil depuis un moment en tondant sa pelouse, arrêta le moteur de sa tondeuse. Il s'épongea le front et demanda à monsieur Graindorge dont il connaissait les déboires :

« Alors, Hippolyte, ce n'est pas votre jour de chance à ce que je vois, encore des ennuis ? »

Il s'accouda à la barrière.

« Ah ! mon ami, si vous saviez tout ce qui m'arrive aujourd'hui !

— Je sais, je sais. J'étais là pour vous dégager de

l'autruche tout à l'heure. Attention, Hippolyte, votre nouveau goéland dévore vos roses mauves ! »

Mais ce n'était pas tout !

Voilà en vrac toutes les visites qui accablèrent monsieur Graindorge ce jour maudit :

deux hirondelles (parce que deux fli... pardon, deux agents de police s'étaient trompés de numéro. Ça arrive !),

deux vautours fauves (les éboueurs venus quêter pour le jour de l'an des éboueurs. Au mois d'octobre ! Ils étaient plutôt en avance cette année !),

un faisan versicolore (c'était un représentant qui vendait des encyclopédies en quatre-vingts volumes),

un coucou (une espèce de hippy crasseux qui proposait de porte en porte des bagues et des colliers de métal faits main),

et enfin deux tourterelles (le fils de ses amis Rafflet venu présenter sa jeune fiancée américaine.)

Ensuite, monsieur Graindorge, complètement écœuré, débrancha la sonnette, ferma ses volets et se boucla à double tour.

Qui aurait le courage de compter les pensionnaires supplémentaires ?

16

Comment sauver monsieur Graindorge ?

Il faut bien que cette histoire trouve une fin.

Il n'est pas possible de laisser le malheureux monsieur Graindorge succomber sous le nombre toujours croissant de ses locataires ailés.

Il faut trouver une solution.

Monsieur Gébert, le voisin d'en face, avait bien pensé que son jeune fils Cyrille, garçon très espiègle qui n'est pas à une bêtise près, serait bien capable, si on le lui soufflait dans l'oreille, de mettre dans la coiffe du chapeau une bonne couche de colle forte. Ainsi le melon serait définitivement fixé au crâne de monsieur Graindorge.

Non. Ce n'est pas une idée raisonnable.

Monsieur Graindorge serait contraint de dormir avec son chapeau !

De prendre sa douche avec son chapeau !

Non, non! Il faut être réaliste: solution trop fantaisiste.

Le même voisin avait imaginé lui faire donner des cours d'impolitesse par quelques voyous du quartier, il n'en manque pas! De cette manière, il ne serait plus obligé de saluer.

Peine perdue, doublement.

D'abord les voyous ne rendent pas service aussi facilement et, pour parler franchement, ils se sont moqués de monsieur Gébert quand il leur a proposé l'affaire. Il n'a eu que le temps de se sauver avant de se faire casser la figure, mais c'est là une autre histoire.

Et puis ce n'est pas à son âge que l'on peut refaire une éducation et une conduite à notre vieux bonhomme.

Autre solution à rejeter.

Alors? Qui a des idées?

Et si le charme cessait simplement d'opérer! Beaucoup trop simple... enfantin et sans intérêt. Un charme de cette qualité ne perd pas ses pouvoir aussi facilement!

Ce matin, monsieur Graindorge a trouvé dans sa boîte aux lettres un petit mot du jeune Cyrille qui n'est jamais à cours d'inventions:

« *Cher monsieur Hippolyte,*

« *J'ai pensé à un truc super-extra. On pourrait faire des trous dans votre chapeau. Ou bien on découpe carrément le fond. Comme ça, plus de problèmes.* »

Et puis quoi encore, petit drôle, y planter des fleurs?

Quels résultats entraînerait cette technique hasardeuse? Sans compter le ridicule où serait plongé monsieur Graindorge. Ce n'est même pas d'un clown qu'il aurait l'air, mais d'un fou.

On l'arrêterait, on l'enfermerait dans un asile !

« Dis papa ! dit Cyrille à son père en sautant sur ses genoux avec ses éperons de cow-boy, dis papa, si t'achetais un autre chapeau à monsieur Hippolyte, un autre tout pareil, mais pas magique celui-là. J'irais lui piquer le vrai en douce, et puis je mettrais le nouveau à la place ! »

Le papa réfléchit un instant. Ce n'était pas si bête cette idée, mais :

« Non, non, j'ai peur que ce ne soit pas possible à cause des migraines. Même si monsieur Graindorge ne se rend pas compte de l'échange, le vrai chapeau, lui, ne sera pas dupe.

— Qu'est-ce que ça veut dire "pas dupe" ? demanda le gamin en éperonnant les mollets de son père. » On fait maintenant des jouets merveilleux pour les enfants !

« Pas dupe, cela veut dire... qu'il ne se laissera pas tromper par une ruse aussi grossière, et qu'il collera une bonne migraine à Hippolyte.

— Ah ! la vache ! » fit Cyrille.

Qui a une autre idée... intelligente bien sûr ?

Car on pourrait aussi bien — pourquoi pas — expédier monsieur Graindorge et toute sa petite famille sur une île déserte ou sur la lune...

Pourquoi pas ?

On pourrait, on pourrait...

Bon, laissons-nous une nuit de réflexion.

17

La nuit porte conseil

— ROOOONNNN ! Rooonnnnn... ROOOnnn...
Rooonnnnn... RooN ! Zzz... ZZZzzzzz !...

18

Le terrible rêve de monsieur Graindorge

Cette nuit, monsieur Graindorge fit des cauchemars abominables. Il rêva que ses oiseaux étaient
très mécontents de lui. Plus il les choyait et plus il les
bichonnait, plus leur colère grandissait.

Déjà les rapaces étaient invivables en temps normal. Il leur jetait leur nourriture au bout d'une
perche, par l'entrebâillement de la porte du grenier
qu'il s'empressait de refermer à clef.

Dans son dos, il entendait les canards et les perroquets cancaner, les jars siffler, les poules caqueter
comme des commères.

Certains semblaient l'insulter dans leur langage.
D'autres se détournaient simplement. Le mécontentement, venu d'on ne sait où à propos d'on ne sait
quoi, enflait de jour en jour, si bien qu'à la fin, ils
firent la révolution dans la maison.

C'était un vacarme incroyable, une pagaille indescriptible.

Le grand marabout, grimpé sur la table de la salle à manger, avait pris la direction des opérations. De sa voix caverneuse, il rassemblait ses troupes autour de lui et les encourageait à se battre.

«Croa-cra-cra, ark, ark!»

Ce qui signifie à peu près:

«Ne vous laissez pas mener par le bout du bec!»

Il regroupa à grands cris creux ses troupes de choc: les terribles rapaces se tenaient prêts au combat, l'allure plus menaçante que d'habitude. Ils s'étaient échappés du grenier en brisant une lucarne.

Par les adroits perroquets, le marabout fit ouvrir toutes les cages.

On réveilla les oiseaux de nuit:

«Ark! Krac, rak, cracaa, cracra!»

«Cette vie ne peut plus durer!» disait le grand marabout perché sur une patte. Avec ses ailes, il faisait de grands gestes comme les avocats avec leurs manches.

Monsieur Graindorge, tremblant, s'était levé et approché doucement sur le palier du premier étage. Par l'entrebâillement de la porte de la salle, il voyait le grand marabout. Il l'entendit dire:

«Raaak! Les rapaces vont le débusquer de la chambre où il se terre pour le détruire...»

Un grand frisson glacé parcourut en tous sens le dos de monsieur Graindorge qui se précipita le cœur battant dans sa chambre. Il enfila sa robe de chambre, ses pantoufles, prit son chapeau. Puis sur la pointe des pieds, il descendit l'escalier.

Vite ! Vite !

« Que leur ai-je fait pour qu'ils veuillent me tuer ? » pensait-il.

Il passa silencieusement devant la porte de la salle à manger. Les oiseaux étaient trop captivés par les paroles du marabout, aucun ne prit garde à sa fuite.

« Kra-ac ! cra-cra-cra-cra-cra... A-ark ! »

Sans bruit, il ouvrit la porte de la maison. Un petit vent frais lui caressa les mollets. Le jour se levait à peine. Il sortit, tira la porte derrière lui.

« Je ne leur ai pourtant fait aucun mal, je suis innocent. Que me reprochent-ils ? Je les ai toujours soignés comme il fallait ! »

Mais il n'était plus temps de chercher les causes de leur courroux. Le pingouin, le seul qui lui soit resté fidèle, s'était caché sous l'armoire.

Alors qu'il traversait le jardin, monsieur Graindorge entendit le coq sonner la charge : « Cocorico ! » et tous les oiseaux se lancèrent à l'assaut quand ils découvrirent que la chambre était vide. Alors ils partirent à sa recherche.

Taïaut ! Taïaut !

A la charge !

A l'attaque !

A l'assaut !

Ah là là !

Monsieur Graindorge s'élança sur le trottoir

désert. A l'angle de la rue, il se jeta dans une grande poubelle (pas très propre), referma le couvercle à l'instant où une patrouille d'hirondelles virait en escadrille serrée.

Il les laissa s'éloigner puis quitta précipitamment sa puante cachette, une épluchure de pomme de terre accrochée à son col de robe de chambre. Ses vieux poumons commençaient à manquer d'air. Il courut comme un fou dans la direction opposée.

Il n'avait pas fait trois cents mètres qu'il se trouva nez à bec avec l'autruche de la cousine Marthe...

Elle avait l'œil noir des mauvais jours sous ses longs cils noirs.

Il esquiva deux formidables coups de bec et dans un sursaut il se détourna et traversa d'un bond, au risque de se faire écrabouiller par le camion du beau-frère de mademoiselle Pofleury.

Le conducteur klaxonna furieusement.

Monsieur Graindorge avait gagné quelques précieuses secondes sur la cousine Marthe... Mais l'autruche est un oiseau coureur très rapide. En quelques foulées de ses immenses pattes, elle était sur ses talons.

Lui n'était pas très rapide. Il était âgé, un peu rondouillard, et manquait de souffle et d'entraînement. Par bonheur, il découvrit dans la palissade d'un chantier une ouverture entre deux planches déclouées. Il s'y glissa en rampant, déchira au passage la poche gauche de sa robe de chambre.

L'autruche passa son long cou. Très en colère, elle

donna de grands coups de bec dans le vide, secoua la palissade de ruades furieuses.

Monsieur Graindorge souffla une courte minute puis reprit sa course, les jambes lourdes, le souffle rauque. Il ne doutait pas que la cousine Marthe se précipiterait chercher du renfort.

Il devait trouver une cachette sûre.

Attention !

Trop tard !

Une patrouille en V de canards l'avait repéré, alertait déjà les autres.

Monsieur Hippolyte Graindorge était perdu !

Des oiseaux aux becs pointus comme des flèches piquèrent de toutes parts sur lui.

Ils percèrent, crevèrent, transpercèrent, déchirèrent, déchiquetèrent son chapeau qui protégeait son crâne des terribles becs. Une nuée piaillante s'abattit sur lui. Ce n'était qu'un paquet, qu'un amas grouillant et virevoltant d'oiseaux s'acharnant sur le malheureux qui se protégeait comme il pouvait de ses bras. Il se laissa tomber en boule, prêt à mourir. Il ferma les yeux...

19

Justice est faite

Le silence revint.

Les oiseaux avaient disparu.

Un silence terrible après la bataille.

Le jour se levait timidement.

Monsieur Graindorge demeurait immobile sur le sol froid.

Quand, au bout d'un temps qui lui parut une éternité, il osa ouvrir les yeux, il crut qu'il se trouvait au paradis.

Le soleil resplendissait, chauffait son vieux corps meurtri. Une douce chaleur de rêve.

Monsieur Graindorge s'assit au milieu du terrain vague. Çà et là, quelques plumes étaient soulevées par le petit vent tiède du matin...

Des plumes ?

Il n'avait donc pas rêvé ! Tout cela était bien réel !

Il n'était ni au paradis ni en enfer, mais sur terre et bien vivant!

Il palpa fiévreusement son torse, ses jambes, son visage. Tout semblait intact, sans la moindre blessure. Comment cela se pouvait-il?

Ses yeux se portèrent sur quelque chose de bizarre, jeté devant lui sur l'herbe galeuse: une espèce de quelque chose ayant vaguement la forme d'un disque gondolé surmonté d'un reste de cloche cabossée déchiquetée en tissu verdâtre.

Qu'est-ce que cela pouvait être?

Soudain il comprit qu'il s'agissait des restes de son melon.

Enfin, son ancien melon!

Il comprit tout!

Il comprit pourquoi il n'avait aucune plaie sur le corps. Ce n'était pas lui que ses oiseaux chassaient. Ils avaient réellement fait la révolution et c'était le chapeau melon qu'ils poursuivaient. Comme il l'avait sur la tête, monsieur Graindorge avait pensé naturellement que c'était lui qu'ils voulaient détruire.

Ses oiseaux, ses chers oiseaux ne lui voulaient aucun mal, ne lui avaient fait aucun mal. Ils avaient fait justice en détruisant celui qui leur avait fait des ennuis.

Ils avaient réalisé qu'il n'était plus possible de vivre dans ces conditions sans cesse aggravées par de nouveaux arrivants. Ils avaient donc détruit le chapeau et...

Combien cela faisait-il de temps que monsieur Graindorge n'avait plus son chapeau sur la tête ?

Un quart d'heure ? Une demi-heure ? Une heure ? Plus ? Certainement plus ! Le soleil était levé ! Donc cela faisait des heures !

ET IL NE RESSENTAIT AUCUNE DOULEUR A LA TETE !

La migraine avait totalement disparu. DISPARU !

Il était libre, libre de vivre sans chapeau !

Il esquissa sur l'herbe un petit pas de danse...
Comme cela faisait du bien ! Il se sentait tout léger,
léger comme une plume ! Il bondissait comme une
gazelle.

Il rentra chez lui en gambadant comme un pou-
lain. Les gens se retournaient sur son passage, se
frappaient la tempe avec leur index. Comment leur
expliquer que monsieur Graindorge n'était pas fou ?
Il n'était pas fou, il était heureux, heureux et libre.

Une lettre aux timbres étranges dépassait de la
boîte aux lettres.

Il l'ouvrit en sifflotant. Elle contenait un chèque,
un billet d'avion et un petit mot qu'il tenait à l'en-
vers... Il le retourna et lut :

« *Cher et noble ami français,*

« *Je être desolate de ne pas pouvoir rembourser à
vous le billet de train plus tôt. Je être rentré dans
mon pays maintenant et donner à vous des nouvelles. Tout aller bien. Vous avoir montré énormé-
ment de gentillesse. Je être très touché et inviter vous
une semaine dans mon pays, pour visitation, dans
ma maison. A bientôt, grand et généreux ami.*

                    RAMA SAHN RHAM »

C'était l'Indou du train !

Il ne l'avait pas oublié, c'était donc un honnête
homme. Il avait certainement rencontré beaucoup
de difficultés pour regagner son pays sans argent et
sans papiers. Maintenant tout semblait arrangé.

Tout s'arrangeait également pour lui.

Plus de chapeau melon !

Plus de nouveaux oiseaux !

Et une semaine de vacances aux Indes !

Il ouvrit la porte de sa maison.

Le silence le plus total régnait dans la maison.

Un silence inquiétant.

Les oiseaux s'étaient-ils tous enfuis ?

Il poussa doucement la porte de la salle à manger et tout à coup...

Des centaines de chants, de cris, de sifflements, de roucoulades, de trilles joyeux éclatèrent !

Les oiseaux lui souhaitaient la bienvenue.

Ils s'étaient tous rassemblés dans la salle à manger (même les rapaces !). Ils étaient au moins... mille.

Mille oiseaux de toutes les couleurs !

Mille oiseaux de toutes les lumières !

Mille reflets !

Monsieur Graindorge se détendit et sourit.

« Hé bien pour une surprise, c'est une surprise ! »

TABLE DES MATIERES

Imprimerie Berger-Levrault,
à Nancy — 778207.
N° d'Éditeur : O 33843.
Dépôt légal : Mars 1983.
Imprimé en France.